Albert DREUX

Les Soirs

POÉSIES

SAINT-JÉROME

J.-E. PRÉVOST, ÉDITEUR
4, RUE SAINTE-JULIE, 4

1910

Albert DREUX

—

Les Soirs

POÉSIES

SAINT-JÉROME

J.-E. Prévost, Éditeur

4, rue Sainte-Julie, 4

1910

PRÉFACE

—

Soirs ! Soirs étoilés ou soirs moroses, Soirs som·
nolents ou Soirs d'orage, les Soirs ont en eux toute la
poésie des êtres et des choses.   Qu'ils soient faits de
calme ou de grondements, c'est la grande voix de
l'amour qui parle, cette voix que le poète entend dans
toute son intensité.

Et les poètes aiment à chanter les Soirs.

Voici que dans notre poésie, les Soirs ont mainte-
nant leur chantre : un tout jeune homme doué d'une
âme d'artiste.   Ses " Soirs " sont des visions, pas même des visions, des successions d'impressions.   Il ne
s'est pas attardé à décrire des couchers de soleil, des
pâleurs de lune, ou des scintillements d'étoiles : ce ne
sont ni les changements de nuances, ni la transforma-
tion des couleurs, ni les fantasmagories d'ombres qu'il

a dépeints dans les soirs d'où naît sa poésie : mais plutôt, poussant plus loin son art, il a évoqué des impressions aussi insaisissables que des rayons de lune, aussi troublantes que les soirs eux-mêmes.

Partout, dans les Soirs du jeune poète, surgit la vision de la femme : c'est un peu, c'est peut-être uniquement pour la femme qu'il a écrit son livre. Et la femme, qui ne vit que des multiples impressions qui la font vibrer — et qui, plus sage que l'homme, ne se soucie pas d'analyser ces impressions — la femme aimera ces pages, les comprenant par intuition.

Les " Soirs " sont une œuvre de jeunesse. L'auteur s'y révèle un vrai poète. En donnant au public cette première œuvre, il contracte une obligation : puisqu'il est doué des qualités du poète, son devoir est d'enrichir notre littérature d'œuvres mûries par le travail et la méditation. Je souhaite qu'il soit à l'abri des angoisses de la vie matérielle, ces écueils toujours fatals aux âmes faiblement trempées — à cause de leur impressionnabilité — que sont généralement les vrais

poètes. Qu'il s'en tienne à ce qu'il dit dans sa pièce,
l'" Oiseau divin ", et puisse-t-il

> Dans l'azur de son rêve où montent des désastres,
> Malgré l'intime effroi des noires visions,
> Garder toujours l'espoir de ses illusions,

puisque

> Son âme est un oiseau qui monte vers les astres.

Germain **BEAULIEU**.

Décembre 1910.

Les Soirs

LES SOIRS

A UNE FEMME

—

Si tu crois à la vie et si tu peux rêver
Malgré l'affreux hier, un demain d'espérance,
Pâle enfant, mets ton front près du mien, en silence,
      Pour aimer.

Si, malgré la rancœur de ton espoir trompé,
Tu conserves son nom toujours là, dans ton âme,
Mets ton front près du mien, sans parler, pauvre
      Pour pleurer.   [femme,

Mais si tu n'aimes plus, si pour toi l'avenir
Est noir, si pour jamais ton cœur lassé n'espère,
O femme, mets ton front n'importe où sur la terre,
      Pour mourir.

AU BORD DU LAC

—

La grève, avec lenteur. chante une mélodie
Qui s'élève, plaintive, en le calme du soir ;
Et j'écoute, songeur, plein de mélancolie.

L'heure est belle et je suis ivre de nonchaloir ;
L'âme des choses monte au rythme de l'andante
Où clame, par moment, l'essaim des spectres noirs.

Je sens planer en moi la chanson délirante
Des rêves qui s'en vont, dépouillés sans espoir...
Mon cœur est une grève où la tristesse chante.

IDÉAL

—

J'ai cherché l'idéal dans la vaste nature,
Dans le charme enivrant et très pur des ciels bleus.
J'ai respiré les lourds parfums des champs herbeux,
J'ai voulu tout chanter de la rude culture.

Par les prés, par les bois, au grand soleil de mai.
Par la campagne verte où s'attardent les brises,
J'ai cherché le repos, mais toujours, des hantises
D'idéals plus substils en mon âme ont germé.

Oh ! non, il me fallait mieux que des couchants roses
Sur des aubes de pourpre ou des soirs étoilés ;
Il me fallait le seul azur des yeux, voilés
Par des cils noirs et longs, penchés sur mes névroses.

L'AIMÉE

Elle est sœur de mon âme et comprend ma souffrance ;
Pour mes peines toujours elle a des mots aimés,
Des mots consolateurs et doux, et parfumés,
Dont mes nuits et mes jours gardent la souvenance.

Et j'évoque, le soir, son profil souverain,
Pareil à ceux qu'on voit sur les bronzes antiques :
Sa bouche très petite et son regard serein,
Ses yeux profonds et purs, comme des ciels attiques.

L'OISEAU DIVIN

C'était un bel oiseau, de superbe envergure,
Qui planait puissamment au fond du ciel serein.
Les nuages légers, en forme de guipure,
Faisaient une auréole à ses ailes d'airain.

Bercé dans l'infini des espaces sans voiles,
Il s'en allait, pensif en son vol, lentement,
Comme un songe divin au milieu des étoiles,
De vertige enivré, sublime, éperdument.

Dans l'azur de mon rêve, où montent des désastres,
Malgré l'intime effroi des noires visions,
Je garde encor l'espoir de mes illusions ;
Mon âme est un oiseau qui monte vers les astres.

ÉVOCATION

———

J'ai rêvé d'un corps blanc comme un marbre divin.

Voluptueusement, sur la ville assombrie.
La nuit vient de jeter son voile parfumé ;
Phébée a des rayons sur l'océan calmé
Qui lui font un tapis argenté d'Assyrie.

L'horizon semble encor, par le couchant, lamé ;
Et l'azur étoilé, comme une draperie,
S'étend, mystérieux, couvrant Alexandrie
D'une ombre où monte au loin un son lent et rythmé.

Seul le bruit de la mer, aux plaintes éloquentes,
S'harmonisant avec la chanson des bacchantes,
Vient troubler le repos de la ville qui dort.

C'est l'heure où, chaque soir, la belle Israélite
Monte furtivement au temple d'Aphrodite,
Ses cheveux blonds tressés avec des rubans d'or.

— LES —

Soirs étoilés

LES SOIRS ÉTOILÉS

AVEU

—

Dans le soir, tous les deux, nous allions nous parlant
De ces riens qu'on se dit pour dire quelque chose,
Alors qu'au ciel brillaient les étoiles.   Rêvant,
J'entrevoyais tout un monde exquisement rose.

Il me semblait marcher au chemin triomphal
Où l'amour est seul maître, entendre une musique
Perlant ses notes d'or en un rythme idéal,
Dont mon âme a conçu le désir nostalgique.

Et je n'écoutais plus ton doux parler charmant ;
La nuit était venue et murmurait sa plainte.
Alors, je t'avouai mon amour. Lentement,
L'ombre tombait, tombait sur nous comme une
[étreinte.

AIR GALANT

Votre bras sur le mien s'est appuyé ce soir.

J'ai fait ce rêve, un soir, de vous avoir auprès,
Laissant sur votre front errer mes lèvres closes
Et nous parlant tout bas, d'aimer toujours, de choses
Qu'on se chuchote, ainsi que de graves secrets

C'était un songe, mais il me semblait entendre
Votre bouche me dire, angoissante, des mots
Où surgissait l'élan de nos deux cœurs jumeaux,
Et nous ne songions pas, pour lors, à nous défendre.

Dans notre enivrement, nous avions le désir
Etrange de n'avoir qu'une seule âme ensemble,
De vivre loin de tous, du monde, et de n'ouïr
Que l'amour, cette voix si faible qu'elle tremble.

RETOUR

Comme mon âme est triste en ce beau soir d'automne.

Dans notre ciel intime où voltigent des rêves,
Il passe, en certains jours, de longs vols d'oiseaux
[noirs ;
Ce sont de vieux chagrins qu'on pleure par les soirs,
Des soucis qu'en notre âme on refoule sans trève.

Qu'ils sont tristes à voir les corbeaux de l'amour ;
Leur essaim douloureux, ardemment nous obsède.
Notre âge est plein d'espoirs et rarement on cède :
Mais à la fin, pourtant, notre front devient lourd.

Aussi, sur notre cœur, descend quelque peu d'ombre.
On ne peut définir ce long mal décevant ;
Sans en chercher la cause, on y songe, trouvant
Qu'ici-bas tout est faux et que la vie est sombre.

Hélas ! j'eus des tourments indicibles de voir
S'enfuir, l'un après l'autre, au vent mauvais du monde,

Mes blonds espoirs d'antan, caressants comme une
Où vibre la chanson des rivages, le soir.   [onde

Mais, soudain, comme si se déchirait un voile
Qu'on aurait étendu sur mes yeux, j'aperçois
Tout un vol d'oiseaux blancs, mes rêves d'autrefois,
Dans vos yeux si profonds qu'on y voit des étoiles.

A LA FENÊTRE

—

Par la fenêtre ouverte, où descend un rayon
De lune chatoyante ainsi qu'une topaze,
J'aime laisser partir, enamouré d'extase,
Mon rêve qui chancelle en son vol vague et long.

Et sentir sur mon front, encor brûlant des fièvres
De ma névrose ancienne et de mes désespoirs,
La brise parfumée aux divins encensoirs,
Rappelant la fraîcheur des baisers de tes lèvres.

VOS YEUX

Vos yeux bleus sont si doux, que je voudrais les voir
Longtemps pour m'enivrer de leur clarté limpide.
Il me semble qu'ils ont, vos beaux yeux, tout le soir,
Tout le ciel étoilé, rayonnant et languide.

Vos yeux bleus ont parfois des regards si remplis
De bonté, qu'il me semble y voir passer des ailes ;
Comme si, dans le large azur de vos prunelles,
Planaient des anges blonds en des vols infinis.

Comme la vaste mer, ils sont purs ; on devine
Votre âme dans le clair rayonnement qu'ils ont.
Regardez-moi longtemps de ce regard profond
Qui fait que mon regard au vôtre s'illumine.

Ma vie est en proie au scepticisme fatal.
Lorsque je vois le monde où grimace l'envie,
C'est dans vos yeux, exempts des rancœurs de la vie,
Que je puise ma foi pour croire à l'idéal.

PASCALE

L'ivresse du printemps chante en mon âme blanche,
Au son des carillons que les clochers divins
Egrènent, par les cieux et par les gais chemins :
Les chemins de printemps et les cieux de pervenche.

Alleluia ! L'Eglise, en ce jour d'heur, épanche
La paix et la douceur du bon Galiléen.
L'ivresse du printemps chante en mon âme blanche
Au son des carillons dans les clochers divins.

Le cortège pascal déferle en avalanche
Aux portiques sacrés du temple.   Un sacristain
A fait ruisseler l'or des cierges par essaim ;
L'orgue imite piano le son voilé d'une anche.

L'ivresse du printemps chante en mon âme blanche.

INVITATION

—

Nos rêves blonds ont des azurs
Où planent nos vingt ans si purs.

C'est l'heure, allons rêver d'infini tous les deux ;
Laisse ton âme aller vers l'azur d'où se penche,
A travers la fenêtre, un peu de lune blanche
Pour argenter le blond satin de tes cheveux.

Vers les éthers bleuis, au milieu des étoiles,
Viens, ce soir, t'enivrer de vertige divin.
Nous ferons le voyage en nous tenant la main,
Et des nuages blancs nous nous ferons des voiles.

Oh ! viens, pour nous aimer tous les deux follement,
Nous chercherons au ciel une sphère lointaine...
Oui, rêvons d'infini, toi dans la nuit sereine
Et moi dans ton regard profond immensément.

SOIR D'AUTOMNE

—

Ce soir d'automne est plein de voix de jeunes filles.
Joyeux, dans la brunante, ainsi que des chansons
D'oiseaux musiciens, artistes des charmilles,
Leurs rires montent clairs en cascades de sons.

On dirait que l'été revient sous les ramilles ;
Il s'élève des coeurs comme de longs frissons
Joyeux, dans la brunante, ainsi que des chansons.
Ce soir d'automne est plein de voix de jeunes filles.

Leur babil est charmant ; elles sont si gentilles,
Qu'on dirait des oiseaux échappés des buissons.
Comme j'aime écouter de loin, leurs unissons,
Qui forment, dans les airs, de douces cantatilles.

Ce soir d'automne est plein de voix de jeunes filles.

MA MUSE

Lorsque le soir descend, alors que toute chose
Plus pensive se voile, à travers la blancheur
De la lune dolente, en une apothéose,
Une femme me vient comme vient une sœur.

Aux crépuscules gris, pendant que tout s'achève,
Et les clartés du jour et le rire mondain,
Elle vient me parler longuement dans mon rêve,
Et, doucement aimante, elle me prend la main.

Et nous remémorons les choses envolées,
Tous mes chagrins d'antan, tous mes plaisirs défunts ;
Puis nous marchons tous deux à travers les allées
D'un éden tout rempli de chants et de parfums.

GRISERIE

Dans la claire lumière où vivent ceux qui meurent.

L'ombre voluptueuse, en son voile de rêve,
Estompe les contours.   Tes cheveux sont couleur
De nuit ; vois, dans le ciel, flotter la chanson brève
Des extases d'amour, des baisers et des pleurs.

Oh ! les soirs envolés des défuntes caresses ;
Je veux me souvenir des chers enivrements
Où, jadis, nous bercions nos trop belles ivresses
Au rythme mensonger des éternels serments.

Je suis las de brûler l'existence en folies,
D'avoir le cœur rempli de vide et de sentir
L'ennui des choses, morne et fatal, m'envahir :
Veux-tu nous reprendrons ce soir nos griseries,

Et nous nous en irons aux bords magiciens
Où dorment nos espoirs en des tombeaux de flamme ;
Viens, nous n'amènerons que nos deux seules âmes,
Pour revivre un moment notre vertige ancien.

LABOUR D'AUTOMNE

—

A l'horizon strié de bandes violettes,
Tombe, comme un flambeau mourant, le soleil rouge :
Le sol est roux et morne, aucun arbre ne bouge ;
Le deuil, comme un oiseau nocturne, s'inquiète.

Austère, un laboureur au milieu de la plaine,
Rythmant son pas au pas des chevaux, loin des plèbes,
Auréolé du calme immense de la glèbe,
Trace des guérets noirs dans la terre sereine.

Mais voici que le soir, plus obsesseur, pénètre
D'un étrange sommeil la tristesse des choses ;
L'homme songe au foyer où son âme repose...
Et bientôt le silence enveloppe les êtres.

RÊVE

J'ai rêvé de serments partis du fond de l'âme,
Qu'avec égarement on se dit tour à tour.

Je voudrais pour ma vie un enclos près d'un chaume,
Quelques arbres, des fleurs, un lac, et puis encor
Des livres pour mes soirs ; rien pour mes matins d'or,
Puisque tes deux beaux yeux éclairent mon royaume.

Je voudrais des sentiers entre de grands rochers,
Afin de nous blottir parfois dans leurs cachettes ;
Du silence, des chants de pinsons, de fauvettes :
Sur l'âme des oiseaux, l'infini s'est penché.

Et pour nos nuits, je veux, ô femme que j'adore,
Des étoiles sans nombre, aux espaces du ciel,
Pour y chercher, parmi les chemins éternels,
Celui que nous prendrons dans l'immuable aurore.

LA BALLADE DU PARC

—

. . . Le moment
Est choisi, car dans l'air flotte la poésie.

Ce soir, les amoureux,
    Deux à deux,
Sont venus à la brune ;
Ils ont jasé longtemps,
    Sur les bancs.
Au follet clair de lune.

Les joyeuses chansons
    Des buissons
Couraient dans les allées,
Et les doux mots d'amour,
    A leur tour,
Volaient, troupes ailées.

Des parfums, par moment,
    Doucement,
Embaumaient toutes choses,
Pendant que les grillons,
    Aux sillons,
Sérénadaient les roses.

La brise murmurait
    Un vieux lai
D'amour, charmant d'ivresse,
Et les jets d'eau parleurs
    Et rieurs,
Chantaient tout en liesse.

Aussi, les amoureux,
    Deux à deux,
Sont venus à la brune ;
Ils ont jasé longtemps,
    Sur les bancs,
Au follet clair de lune.

STROPHES

Oh! les soirs révolus
Des ans qui ne sont plus
Que des songes...

Combien j'ai souvenance
De ma ville d'enfance,
Où j'ai grandi joyeux
 Sous les cieux.

Dans la campagne proche,
Où par la route croche
Que traçaient des troupeaux
 De chevreaux,

Je courais en rafale,
Ivre de triomphale
Et grande liberté,
 En été,

Vers la forêt en liesse,
Où chantait la Kermesse,
A travers les rameaux,
 Des oiseaux.

RONDEL JOYEUX

—

Mai s'en revient, le mois des parfums, des sentiers.

Mai s'en revient au bois
Voir les métamorphoses,
Et l'on entend les voix
Des oiseaux virtuoses.

Les horizons plus roses
Ont de joyeux émois,
Mai s'en revient au bois
Voir les métamorphoses.

Et guéri des névroses
Qu'en mon âme, autrefois,
Je traînais comme un poids,
Je m'enivre des choses.

Mai s'en revient au bois.

MARIVAUDAGE

Il semble que la nuit à son front nuagé,
N'a plus gardé qu'un voile exquisement léger.

Par les soirs de printemps, j'aime égarer mes pas
Dans les jardins fleuris aux sentes parfumées,
A votre bras, madame, et nous parlant tout bas,
Enivrés du parfum des paroles aimées.

Car j'adore causer d'amour, tranquillement,
Dans les parcs assombris, pleins de senteurs de roses,
Pendant que nous prenons — oh ! si discrètement ! —
Pour en rougir ensuite, un baiser que l'on ose.

L'hiver a remplacé le doux avril vermeil ;
Qu'importe à notre cœur, s'il nous reste quand même
Un jardin toujours gai, toujours plein de soleil,
Riant enclos de l'âme, où l'on chante, où l'on aime !

Aussi, quoique le froid soit bien âpre aujourd'hui,
Promenons-nous tous deux dans les routes chantantes
Du jardin parfumé de nos cœurs alanguis,
Et cueillons-y les fleurs des baisers, dans les sentes.

PRINTEMPS

Hola !
Vous les oiseaux qui vous taisez encor.
C'est la
Fête des arbres verts et du gai soleil d'or.

Le doux printemps, porteur de soleil parfumé,
Vient visiter les prés, et les bois et les plaines ;
La sève chante au cœur de ce qu'on a semé,
La lumière est joyeuse aux rameaux des vieux chênes.

Et les vergers sont blancs. Tous les oiseaux jaseurs
Jasent. Déjà les fleurs invitent les abeilles
Et les gais papillons ; et les roses, leurs sœurs,
Ont des parfums si doux, si doux, que c'est merveille.

Les soirs sont embaumés, limpides et chantants ;
Les couples amoureux vont rêver sous les branches
Et, tandis que les nids, partout, sont gazouillants,
On entend des éclats de voix pures et franches.

DÉSILLUSION

Quand, vers midi, sous le soleil de Messidor,
La lumière flamboie, immense et diaphane,
J'aime alors contempler la ville qui s'endort
En un sommeil sublime, ignoré du profane.

Comme auprès des rochers où niche le Condor,
Un silence pesant sur toute chose plane.
Le songe me fait voir sous des arcades d'or
La beauté sculpturale au front des courtisanes.

Je me plais à revivre ainsi l'antiquité ;
Il semble que je suis au temple Aphrodité,
Perdu dans la splendeur des bronzes et des marbres.

Tout vient favoriser ce rêve en moi qui naît
Et me reporte au temps d'Athènes, si ce n'est
Un banal arrosoir passant entre les arbres.

Soirs moroses

LES SOIRS MOROSES

RONDEL TRISTE

Comme je suis bien triste et que je suis bien las,
Ma muse m'est venue en belle robe blanche,
Et m'a parlé longtemps, doucement et tout bas,
Pour relever un peu mon front pâle qui penche.

Ma muse, comme vous, a des yeux de pervenche ;
Elle sait apaiser de mon âme le glas.
Comme je suis bien triste et que je suis bien las,
Ma muse m'est venue en belle robe blanche.

Il fait bon quand on pleure et qu'on est seul, hélas,
D'avoir auprès, bien près, une âme bonne et franche ;
En qui notre âme triste avec bonheur s'épanche.
Ma muse m'est venue et m'a parlé tout bas,

Comme je suis bien triste et que je suis bien las.

MON RÊVE

———

Mon rêve était couleur d'un rayon de soleil
Qui se joue au milieu des roses le matin ;
Il tremblottait au fond d'un horizon vermeil,
Je l'aimais, j'en vivais.   Depuis, il s'est éteint.

Mon rêve avait le charme insaisissable et doux
D'une fleur fraîche éclose en un jardin d'hiver ;
Fragile comme un souffle et tendre comme vous,
J'aimais le voir grandir.   Il est fané d'hier.

Il s'est fané, mon rêve, un soir rempli d'effroi ;
Ses feuilles, à mes pieds, s'étalaient tristement ;
J'allais les recueillir et pleurer, mais le vent
De la réalité les chassa loin de moi.

BRISURE

Vos mots doux que j'avais mis en fraîches guirlandes,
Qu'en l'intime jardin je cultivais jaloux,
Je les ai piétinés çà et là par la lande
Morne et sans rayons de mes pauvres espoirs fous.

De mes désirs d'amour j'ai fait des hécatombes :
Baisers éclos furtifs et rappelés en vain,
Choses très douces que j'ai mises dans des tombes ;
Je leur ai dit l'adieu des soirs sans lendemains.

Eh bien ! s'il faut quitter mon illusion morte,
Sans espérer jamais de la voir se lever,
Et d'une main timide ouvrir un peu ma porte,
Pour qu'un clair rayon puisse encor y pénétrer.

S'il faut laisser mon rêve, ainsi qu'un vieux tronc d'ar-
Pourrir sur le sol noir, je me ferai d'airain,   [bre,
J'étendrai sur mon front une froideur de marbre,
Et, calme, je vivrai le cœur vide, serein.

RECUEILLEMENT

Comme la nuit est douce en l'ombre du vieux temple,
Il fait calme et silence ainsi qu'en un désert ;
Le trouble de mon âme avec lenteur se perd
Et j'éprouve un bonheur mystique, je contemple.

J'ai l'étrange désir d'être seul, de n'avoir
Pour aspiration, en mon cœur solitaire,
Que ce rayon qui tremble au fond du sanctuaire,
Mystérieux et loin en la douceur du soir.

AMERTUME

O ! la douceur de l'ombre exquise qui s'étale
En l'azur et gravit lentement tout le ciel.
O ! les parfums grisants et rustiques de miel.
O ! les lentes clameurs de lointaines crotales.

Il semble que la nuit fait renaître les sons
D'antiques instruments, par les forêts houleuses ;
Je rêve longuement de nuits mystérieuses
En des lieux inconnus aux sauvages chansons.

A cette heure où mon âme a des incertitudes
Qui lui font douloureux le sentier idéal,
Où grandit le dédain de la foule et du mal,
Et du vain bruit moqueur des noires multitudes.

A cette heure où, blessé, mon cœur empli d'orgueil,
Pour étouffer en lui la rage de tristesse
Que soulève le rire, égaré, fou, caresse
Des désirs de repos en la nuit pour cercueil.

MATIN D'HIVER

—

Le rêve du ciel noir s'enfuit vers l'autre sphère
Et l'or du firmament retourne en l'infini,
Pendant qu'à l'horizon crénelé de granit
S'allonge sur les monts l'auréole solaire.

Encourtiné de rose à l'orient, le jour
Lance ses javelots à la nuit qui chancelle
Et meurt... si belle encore. Aussitôt monte en selle
Dans l'azur, le soleil, comme un cavalcadour.

Mais hélas, la clarté m'enlève ma chimère,
Ma si douce chimère où chante l'idéal ;
Et je sens s'éplorer, au grand souffle hiémal,
Mon âme qui frissonne en intime frimaire.

L'ÉTERNEL MENSONGE

La lune monte au ciel, pâle ostensoir,
Et teinte de rayons bleus notre route.
Personne autour de nous… C'est dans le soir
Une chanson divine et lente… Ecoute…

Je sens entre mes doigts trembler ta main,
Tu frissonnes par l'amour enivrée,
Les parfums nous grisent… Sur le chemin
Vois planer nos désirs, chère adorée.

Et la vierge troublée abandonnait
Aux bras de son ami son corps qui ploie.
Lui, l'œil en feu, souriait, regardait…
Fascinateur comme un oiseau de proie.

MES LETTRES D'AMOUR

—

O ! mes lettres, enclos des parfums, des espoirs,
Où mon âme chantait heureuse par les soirs.

Où mes illusions, aujourd'hui si fanées,
Jeunes, souriaient sans peur des noires années.

Où je laissais parler confiant, tour à tour,
Mon esprit et mon cœur ; ô mes lettres d'amour.

Hélas ! vous n'êtes plus pour mon âme en détresse
Que l'écrin mal fermé de mes jours de jeunesse.

Qu'un écrin râpé, vieux, où gisent dédorés
Les rêves de mes nuits et de mes jours nacrés.

O ! mes lettres d'antan, que mon âme était folle
D'avoir cru que jamais l'illusion s'envole.'

'D'avoir cru que le soir de la vie était pur,
Que nous pouvions encor revivre notre azur.

Que, lorsque de la nuit tombaient sur nous les voiles,
Après le soleil il nous restait les étoiles.

RAYON

Quand vous laissez errer au clavier noir et blanc
Vos doigts, vos pâles doigts en gestes indolents,

Et que le soir épand sa caresse infinie
Où sourdent des rumeurs de lentes agonies,

Comme si le doux rythme ou soupire Mozart,
Faisait parfois surgir d'impossibles hasards.

L'âme éprise de rêve et d'ombre vespérale
Nous sentant ployer sous l'étreinte musicale.

Il me semble parfois que vous m'aimez encor...
Et que nos cœurs vaincus pleurent des larmes d'or.

RONDEL DU TERRE A TERRE

Oh ! comme à peu de chose
Tient notre amour, hélas !...
Je rêve d'une rose
Qui ne s'effeuille pas.

Mon cœur est bien morose
Et mon front est bien las.
Oh ! comme à peu de chose
Tient notre amour, hélas !

Mon âme s'ankilose
En des chagrins béats.
Je suis fou... C'est de prose
Qu'il faut vivre ici-bas.

Mais comme à peu de chose...

FÉVRIER

Le carnaval s'égrène en des rondes fantasques
Et mêle dans les airs les chansons aux lazzis ;
Mais que le rire est faux au défilé des masques…
Aux flammes du plaisir le bonheur est transi.

J'ai peur de la gaîté factice, des folies
Où des remords obscurs, se déguisant trop mal,
Cherchent à s'étourdir dans la valse du bal :
Le bal hideux qui passe au son des agonies.

Les lustres allumés lueurent le dehors,
Le vent sanglote, plein de fauves sonneries :
C'est l'heure où, Vieux Pierrots, tous nos ancêtres
Tournent au carnaval hurlant des poudreries.   [morts

IVRESSE

—

Dans tes enroulements de mordore, ô ma verte,
Il passe avec lenteur des rêves de reptiles ;
Je songe avec terreur à ces douleurs subtiles
Que le spleen obsédant met dans l'âme déserte...
     Et mon âme est déserte.

C'était un soir de mai, pluvieux et colère,
Le soir de nos serments, oui, nos serments, ô femme.
Tu sus faire chanter en moi toute la gamme
D'une passion folle avec ta voix si claire...
     Or mon affaire est claire.

Mais pourquoi me mentir, ô chaste et noble fille.
Tiens, le mieux c'est de boire, eh bien buvons ! Absin-
Pourquoi sourire ainsi, dans ce verre que maintes [the
Lèvres ont profané de filles en guenilles,
     L'âme toute en guenilles.

Je suis ivre, je crois… Le crois-tu toi, la lune !
C'était un soir de mai ; c'est un soir de septembre,
La bonne grosse lune, au ciel, comme de l'ambre,
Luit ; son œil rond me lorgne. Ha, ha… je sais quel-
        Oui, lune… en mai… quelqu'une ! [qu'une

RONDEL FAUVE

—

Par les toits le chat rôde,
Il guette près du mur,
Dans le soir il maraude
En profil au ciel pur.

Comme une femme sur
Son mol coussin minaude,
Par les toits le chat rôde,
Il guette près du mur.

Le sarcasme galvaude
L'âme où chante l'azur ;
J'entends la voix ribaude
Du monde sale, impur.

Par les toits le chat rôde.

DÉSESPOIR

Sous l'ombre des cyprès et des saules, ce soir,
Perdu dans la tristesse extatique des croix,
Avec, comme un poignard, mon rêve sans espoir,
Je regardais, hagard et l'âme en désarroi,

Des calvaires hideux se profiler tout droits,
Dans un loin qui se voile, où noirs corbeaux des jours,
Planaient mes souvenirs, d'heure en heure plus froids,
Plus froids, plus effrayants, plus nocturnes, plus
lourds.

VESPÉRALE

—

O poète, le soir descend enveloppeur,
Laissons dans l'ombre exquise et flottante nos âmes
Vagabonder, ainsi que des spectres de femmes,
Comme on en voit souvent en le rêve trompeur
Qui nous hante quand vient le soir enveloppeur.

Je sens grandir en moi d'invincibles tristesses,
Comme toi, j'ai l'esprit et le cœur torturés
A force de songer aux chagrins demeurés
En l'intime recoin des secrètes détresses,
Ce trou sombre de l'âme où pleurent nos tristesses.

Remémorons tous deux, par ce soir embaumé
Des discrètes senteurs de l'automne en les sentes
Où des exhalaisons s'élèvent languissantes,
Les ivresses d'antan pour que, le cœur charmé,
Nous éprouvions l'extase ancienne d'être aimé.

Laissons partir notre âme en vol de libellule,
Vers les étoiles d'or aux rayons déliés
Où sont allés les chers serments inoubliés,
Dans le pays du rêve, en là divine Thule,
Tous les baisers défunts en vol de libellule.

Et là, pour ne plus voir les tares d'ici-bas,
Loin des foules, du bruit et de l'ignominie,
Nous nous enivrerons de sublime folie
Aux constellations, et quand nous serons las
Nous nous reposerons dans les astres, là-bas.

LA CHANSON DES ARBRES

Sous l'immense clavier des forêts séculaires,
Le vent fait frissonner d'étranges harmonies ;
Comme si la rancœur des hommes de génie,
Sous les doigts d'un artiste, exhalait des colères.

Sous les doigts d'un artiste, au fond du grand bois
Et dont l'âme, vibrant de leurs âmes, répète   [sombre
Dans un sublime chant, tous les chants des poètes,
Des poètes défunts, des poètes sans nombre.

L'ÉCHAFAUD

La charpente funèbre élève son squelette
Honteusement, auprès des murs de la prison ;
Noir et faux, l'instrument de l'humaine raison
Attend. La foule va et vient, et s'inquiète.

Le bourreau lestement fait l'ultime toilette,
Un prêtre avec ferveur récite une oraison
Et bientôt tout est prêt, on fait la pendaison
Et la corde balance une chair violette.

Ma vie en la prison de la brutalité
S'achemine au gibet noir que l'humanité,
En grimaçant, élève aux rêveurs de folies.

Or, j'ai bien vu ce soir mon âme, lentement,
Monter l'escalier de l'échafaud béant :
L'échafaud du dédain de la plèbe avilie.

TABLE DES MATIÈRES

TABLE DES MATIÈRES

ERRATUM

Dans la pièce : " Idéal ", page 5, lire :

Oh ! non, il me fallait mieux que des couchants roses,
Que des aubes de pourpre, ou des soirs étoilés.

SAINT-JÉROME — Imprimerie de
l'*Avenir du Nord*